쉬고 또 쉬어라

쉬고 또 쉬어라

이기와 명상시집

고요숲

■ 시인의 말

어릴 적 부평초처럼 사신 어머니의 손을 잡고 어두운 골목을 자주 헤매던 나는 커서도 밝음보다는 어둠의 속성에 익숙했다. 고독과 외로움도 그 속에서 양육됐다. 감정의 현을 조율하지 못해 고르지 못한 관계의 불협화음이 일상을 어지럽히곤 했다. 그랬던 감정에도 춘삼월의 봄이 가고 겨울이 닥치자 맥없이 시들어 방바닥에 송장처럼 드러눕게 되었다. 그 어떤 유혹도 나를 일으켜 세울 수 없었다. 10일 동안 곡기를 입에 대지 못했고 10일 동안 눈물의 강을 건넜다. '허망'이라는 씨앗이 콩나무처럼 자라 하늘을 덮고 평생 울어야 할 눈물을 거반 쏟아 부었다. 나는 속았다. 내 에고가 나를 철저히 속였음을 알았다. 그 후 내면의 세계에 드는 명상이 시작됐고 수행을 한 지 10여년 만에 송장이 된 감정에서 새살이 돋아났다. 그 새살을 나는 '평정의 꽃'이라고 부른다. 밖에 눈이 퍼붓는 오늘도 내 안에는 평정의 꽃이 피어 있다. 어떤 날씨에도 그 향과 색은 젖지 않는다. 아니 눈에 젖어도 아무 일이 없으니 이제야 나는 나로부터 해방이다. 지금 이 순간 누군가 그 길을 서툴게 밟아 오고 있을지 몰라 대문을 열고 나가본다. 어머나- 숫눈이 내려앉아 세상을 하얗게 지워버렸다. 가는 자도 오는 자도 없는 길.

■ 차 례

1

2

3

1부

수변동물

새벽강 수변으로 소복이 피어난 안개
수변동물들의 눈이 하나 둘 알전구처럼 켜지고
안개손을 뻗어 안개그물을 끌어올리자
작은 물고기들이 은하수처럼 매달려 올라온다
안개로 쌀을 씻어 안개밥을 짓고
물고기의 흰 살과 축축한 안개밥을 먹으며
강의 질서를 양육해 온 수변동물들의 얼굴에
은빛 안개비늘이 맺혔다
그들은 토종 안개씨를 뿌려 날마다 웃자란
안개의 믿음을 수확하고
갓 태어난 안개가 늙은 안개를 부양한다
잔주름처럼 떨치지 못한 세월의 몸에
다시금 인자한 아침이 쏟아져 숨결을 잇는
예로부터 그러했듯 끊임없이 안개의 춤이 되풀이 되도록
수변동물들은 죽어 안개의 밥이 된다

지나간 자리

어떤 존재가 어떤 존재의 곁을 지날 때

깎인다

스친 만큼, 밟힌 만큼

그림자가 깎이고

눈물이 깎이고

감정이 깎인다

그래서 그 존재의 낯빛은 가을의 전설처럼

어슴푸레하다

본디 불투명했던 존재는 없다

겹치고, 섞이고, 밀치고, 눌리고

관계하면서

어두워지고 밝아지고

상큼해지고 텁텁해지고

더 추해지고 더 아름다워졌기에

더 추한 것도 더 아름다운 것도 아니게 되었다

소신하여

그대의 몸을 살릴 수 있다면
나를 소신(燒身)하여 재가 되리
그대의 말이 꽃답게 피어날 수 있다면
나의 말을 소신(燒燼)하여 침묵이 되리
그대가 동쪽의 빛나는 태양이 되고자 한다면
나의 서쪽을 허물어 암흑행성이 되리
나의 뜻이 그대의 뜻을 완성시킬 수 있다면
골백번 죽고 죽어 나의 뜻을 진토시키겠으나
나의 무(無)가 전적으로 그대의 유(有)가 될 수 없음을 알기에
육중한 바위의 기도 속에 티끌의 기도일 뿐임을 알기에
나의 소신은 그저 흐르는 물이고
떠도는 바람의 일임을 알기에
아 -
많은 소신들이 만물을 거듭 생성케 했으나
어떻게 그리 되었는지는 신도 명백하게 설명할 수 없으리

죽은 나무라니

내가 죽었다고?
그럼 떠오르지 않은 태양은 죽었으며
녹고 있는 얼음은 죽어가는 건가?
나의 죽음을 발견한 너의 의식에 의해
하루를 더 연장해 나는 현존한다
향기 나는 꽃잎 속에, 달콤한 열매 속에
천 개의 가지와 수만 가닥의 뿌리 속에,
밤하늘의 별만큼 반짝이는 이파리 속에
그런 보이는 것 속에 '나무'가 존재했던 것이 아니기에
형태 속에 생명이 갇혀 있었던 것이 아니기에
이름 속에 태어난 것이 아니기에
나무는 죽고 싶어도 죽을 수가 없다
우주 공간에서 호랑나비의 날개만 분리할 수 없기에
말똥구리의 말똥만 세계에서 떼어낼 수 없기에
'죽은 나무'는 '산 것'으로부터 떨어져 나갈 수 없다

본다는 것

얼룩말을 얼룩무늬로 알고 살았다는 거
바나나를 노란 것으로만 알고 살았다는 거

7이 누구에게나 행운의 숫자가 아니듯
4도 죽음의 숫자가 되지 않을 수 있었을 텐데

착각의 눈이 나를 지배하지 않았더라면
뱀을 그렇게 알지 않았을 텐데
새끼줄을 뱀으로 알고 도망치지 않았을 텐데

자라를 그렇게 알지 않았을 텐데
솥뚜껑을 자라로 알고 놀라지 않았을 텐데

내 눈이 나를 속인 하극상의 날들
깎아 만든 관념의 렌즈로 세상을 본 혹독한 대가들이여

창살 있는 감옥

창살을 가운데 두고 서로 앉아 보면
이쪽이 갇힌 건지 저쪽이 갇힌 건지 알 수가 없다

미얀마 여행지 바간(Bagan)에 가면
웅장한 사원도 많고 웅장한 창살도 많다
창살 앞에 죄수처럼 꾸부려 앉아 있는 사람들
그들은 창살 덕에 하루를 더 산다

창살이 주는 옷
창살이 주는 밥
창살이 주는 집

새장 문을 열어 줘도 날아가지 않는 새처럼
에고에 갇혀 사는 사람들은 본성의 자유가 안겨도
선뜻 앉았던 자리를 뜨지 않는다

나도 부처

미얀마 바간(Bagan)에는 4천의 사원이 있다
그 사원의 내부마다 하나씩 부처가 들어앉았다
운 좋게 빈 소라집을 주어 무상 거주하는 게처럼

그 많은 부처들은 하나같이 걷지를 못한다
앉은뱅이인 양 수백 년을 안온함 속에 가부좌를 틀고
무위도식 중이다
눅눅한 어둠 속에서 뭘 하시나
처절한 울음 속에서 뭘 하시나
빽빽한 질문 속에서 뭘 하시나

나는 아직 내 사원이 없다
궁핍한 이 몸이 들어가 앉을 사원이 없어
나를 옷 입혀 주고 밥 먹여 줄 사원이 없어
나는 아직 부처 발령이 보류 중이다

너도부처

수백 톤의 대리석과 수십 톤의 황금으로 치장된 사원
눈에 띄는 건 구석에 쪼그려 앉아 있는 그대
공허로 가득 찬 그대의 눈빛이 황금보다 강하게 와 닿는다

개골창 옆 한해살이풀처럼 앉아
세상 소리를 수신하던 양쪽 귀를 접고 앉아
그 묵묵한 시간 가운데
들고 나는 건 바람, 차고 기우는 건 계절
그것과는 무관하여 무심하게 싸늘한 벽에 기대어
스스로 모든 기쁨의 색을 앗아 무채색의 인상이 된,
찾아 헤매었지만 벼랑 끝에 홀로 선 이방인으로
그는 겉돌고 있다

그럼에도 부처임을 증명하려는 양
제 이름을 부르면 쓱- 고개를 돌린다

소발자국을 보다

소발자국을 보았다
정말 본 것인가?
견성(見性)한 자들의 확신은 어디서 오는가?

물고기가 물을 어떤 식으로 볼 것이며
날아가는 새가 하늘을 어떤 식으로 볼 것이며
올챙이가 개구리를 어떻게 이해할 것인가?

열 명의 장님이 소발자국을 봤다고 한다
어느 장님의 말을 믿겠는가
전도몽상의 마을에서 탑과 사원을 짓기 위해
날마다 깨진 손톱으로 벽돌을 나르는
바간(Bagan)의 가난한 소년과 소녀의 풋사랑 얘기처럼
봤어도 내막은 모를 일

직립보행의 슬픔

깃발이 흔들리는 것도
바람이 흔들리는 것도 아니고
오온(五蘊)이 흔들릴 뿐인 이승의 오후에
'우 뻬인 다리(U Bein Bridge)'를 서서 건너는 동물이 있다
오온(五蘊)으로 창조된 존재가 두 발로 걷다 넘어질 때
창피한 건 누구일까? 신일까?
65억 인구가 날마다 숨 가쁘게 지구를 걷는다
걸으며 먹고, 걸으며 생각하고, 걸으며 결혼하고
걸으며 애 낳고, 걸으며 늙는다
필사적으로 무덤을 향해 전진하는 것처럼
더 센 중력의 압박을 무릅쓰고 두 발을 선택했으나
아직 해방되지 못한 발걸음들
이제는 두 발을 버리고 두 날개를 선택해야 하나?
네 발로 숲을 내달려 양짓녘에 굴을 파던
선사시대의 유인원이 요즘들어 그립다

바퀴의 변

바퀴의 운명을 묻지 말아주세요
묻는 순간 나비로 춤을 추다가도
바퀴의 삶이 될 것이고
연어로 물살을 헤쳐 상류에 알을 낳다가도
바퀴의 삶이 될 것이고
모든 가능성이 되려다가도
바퀴의 업(業)으로 돌아와
자갈밭이나 진흙탕 위를 구를 테니

바퀴를 바퀴라고 호명하지 말아주세요
저는 바퀴의 운명만이 아니거든요
피안의 언덕에 우뚝 선 푸르른 자작나무이며
꿈속에서 하늘을 나는 마법사의 빗자루이며
주인 없는 암자의 정적을 깨우는 목어(木魚)이거든요
바퀴는 나의 부분일 뿐 전체는 아니거든요

말의 탑

붉은 빛과 자주 빛을 누가 분별할 수 있을까?
40년을 살면서 또는 50년을 살면서 말의 탑을 쌓았으나
"붉은 빛"은 바람의 눈썹일 뿐이고
"자주 빛"은 토끼의 뿔일 뿐인데

설탕 안에 설탕의 맛만 있는 것이 아니고
소금 안에 소금의 맛만 있는 것이 아닌데
붉은 빛과 자주 빛이라는 말 속
어디에 고유한 빛이 담겨 있겠는가

단단하게 석화된 말씀이 곧잘
높은 탑으로 둔갑해 우상이 되는

'바벨탑'은 언어의 덫
"붉은 빛"과 "자주 빛"의 경계에 싸 올린 위태로움이었다

그곳이 그곳

주사위를 던져서 2가 될 수도 있고
6이 될 수도 있겠지만 3이 된 그곳

봄바람이 무덤을 열고 들어와 해골에 키스를 하는 그곳
꽃 피는 봄과 꽃 지는 겨울이 중첩되어 있는 그곳
술래만 있고 숨은 아이들은 없는 그곳
그 어떤 이름표도 갖다 붙일 수 없는 그곳
그대가 살려달라고 애타게 부르짖는 그 자리의 그곳
마그마의 온도로 치솟는
침묵의 핵
그 침묵으로 태어난 그대가 아직 몸 받지 않은 그곳

'저절로'와 '자연히'가 밥 짓고 빨래하는 동거의 집
1층이 없는 2층에서 새벽 25시에 마주하는 그곳

선인장 문신

누군가 웃으면서 선인장을 바라보자
선인장 스스로 '기쁨'이라는 문신을 새긴다
누군가 선인장에 손을 대자
선인장 스스로 '사랑해'라는 문신을 새긴다
누군가 선인장 가시에 찔려 피가 나자
선인장 스스로 '미안해'라는 문신을 새긴다
관심이 닿는 순간 형상을 바꾸는 건
선인장만의 유별남이 아니다

선인장의 변신은 자신만을 위한 퍼포먼스가 아니다

방문객들의 시선이 떠나고 관심이 그치자
선인장에게 캄캄한 천 년의 밤이 밀려왔다
몸에 새긴 문신들이 모래가 되어 부서져 내리고 바람에 날려
수척해진 사하라의 사막으로 돌아와 흐느껴 운다

기도의 꼭대기

사원의 꼭대기에 새 한 마리 묵묵히 앉았다
한참을 앉아 주시하는 건 새의 묵묵한 기도이다
인간의 기도 꼭대기에는 집중이 과잉된 망상의 피뢰침이 꽂혀 있다
기도가 쌓여 철탑을 이루고도 날아가지 못한 기도의 사체들
추락하여 날개무덤을 만든다

태양이 보내는 광선처럼
만물을 숙성시키는 기운은 얼마나 올곧은 기도인가
바람이 전한 기도의 진동으로 먼 바다에서 파도가 일고
빈 하늘 가운데 새털구름이 일어나고
얼음 속에서 복수초가 핀다
시린 달빛 아래 처연히 번지는 귀뚜라미 울음소리는
존재를 알리는 귀뚜라미의 기도이다
처처에 기도 아닌 것이 없는데
인간은 간혹 맹렬한 기도 속에 갇혀 실종되는 경우가 있다

빨갛게 웃는 노을

'빨갛게 웃는 노을'은 나의 노을이다
너의 노을은 아니다

하나밖에 없는 저 풍경을 '빨갛게 웃는 노을'이라고
제목을 붙인다면
너의 노을에게 큰 실례라는 걸 안다
너의 상처에 내 상처를 빗대는 말이 무례한 일이듯이

'빨간 립스틱 짙게 바른 슬픈 여인의 입술'
이라고 작품의 평을 달고도 싶지만
압정으로 내리눌린 나비의 날개처럼
풍경이 박제되어 더는 변할 수 없는 피사체가 되기에

오늘은 침묵 안에 포장해 둔다

흑과 백의 농담

8월의 체취가 흐르는
'우 뻬인 다리(U Bein Bridge)' 아래는
이무기처럼 수백 년 묵은 그늘이 똬리를 틀고 앉아 있다
그 단단한 그늘을 파고들어 채송화 알록달록 피었다

무채색의 흙에서 어떻게 유채색의 존재들이 피어나는지
그 비밀의 열쇠를 찾아
캄캄한 엄마 뱃속에 들어갔다 나온 지 50해가 되었다

공복의 새벽이 되어서야 알았다
흑과 백은 샴쌍둥이처럼 한 몸이라는 것을
하나의 몸에 관념의 메스를 대고 둘로 나누려 기를 쓰면
죽을 수 있다는 것을

색(色)과 무색(無色)의 관계도 그러하지 않겠는가

말하는 수고

'진리'를 '진리'라고 말하는 것
그 말도 봉창 뜯는 소리이기에 헛수고이다

무엇이 부처인가?
말을 붙일 수도 없고 말을 피할 수도 없으니
아-, 오후 25시 75분 0초의 난감함이다

장미꽃에게 장미꽃이라는 이름을 주기 전에는
장미꽃이 존재하지 않는 건가
장미꽃의 향기가 없는 건가

무언가를 부여하려는 그대의 어설픈 시도가
어디에도 없는
돌연변이 장미를 만들어낸다

그리하여 번뇌는

라비 상카(Ravi Shankar)의 연주곡이
연애가 떠난 냉랭한 겨울 동안 귀를 파고들었다
몸의 이파리인 귀가 쓸쓸히 낙엽 지는 계절
시타르(sitar) 악기의 애절한 소리가
레몬빛으로 오온(五蘊)을 덮쳐 왔다
어느 날은 귀를 물어뜯어 멍이 들기도 했다
고통의 꼭짓점에 이르면 희열이 시작되는가

다시 봄이 찾아들고, 다시 연애가 시작되자
라비 상카의 연주는 벽을 긁는 소리처럼 귀에 거슬렸다
한시적 사랑처럼 음악도 한시적으로 왔다 갔다
만일 내게 귀가 없었다면 소리에 대한 번뇌가 있었을까
'좋은' 또는 '나쁜' 소리가 나무처럼 자라나 울창해질 수 있었을까
연애하는 양만큼 고뇌의 숲은 면적을 넓혀 갔다

돌의 상처

여행객들이 돌에 글을 새겨 넣는다
우여곡절이 많은 돌 앞에 시선이 줄지어 선다
돌들은 제 몸의 찢기고 갈라 터진 상처를 과시하며
더 기묘한 상처에 대해서 부러워하고 갈망한다

돌의 상처가 상품이 되어 사랑을 받는 건
메마른 사막을 건너 온 애달픈 영혼들의 오랜 풍습이다

그대에게도 상처가 있을 것이다
천 개의 칼집, 천 개의 흉터를 지닌
아픔에 대한 그대의 기억은 어떠한가
상처가 아름다움의 기념품으로 팔리듯
아름다움이 상처의 쓰레기로 버려지는 경우도 흔하다
감출수록 어두워지고 드러낼수록 밝아지는 재질을 가진
수석의 상처를 알아보는 전문가는 흔치 않다

누락된 기억

기억이 없는 배추는

제 기억과는 무관하게 하늘 명(命)으로 사는 배추는

배추벌레와의 만남이 어제도 처음이었지만

오늘도 첫 만남이어서

제 몸을 갉아 수많은 구멍을 낼 수 있도록

그지없이 반갑게 푸른 몸을 내주네

바람의 상점

하늬바람 돌개바람 실바람 산들바람 회오리바람
갈바람 샛바람 흔들바람 남실바람 된바람……
이 다양한 바람은 어떻게 제조되는 거지?

바람 한 점 디스플레이 되지 않는 날은
하늘에 번뇌가 없는 날

대기가 안정되어 있을 때 바람은 어디에 가 있나
생각의 바람이 불지 않을 때 나는 어디에 가 있나

새벽 5시 그대가 일어나 기침을 한 번 하면
하늘 상점이 열리고 바람의 상품들이 진열된다
남실바람을 사 가지고 집으로 돌아오는 저녁
개울가 갈대의 머리채가 엉켜 바스락 울어댄다
저 울음은 바람 탓이라는데 바람은 누가 제조한 거지?

유령의 시간

6월의 장맛비는 어디로부터 출발하여 오는가
불어난 물은 어느 결승점으로 스미는가

번개는 어떻게 불을 지펴 밧줄을 타고 내려오는가
땅 속에 박힌 번갯불은 어디로 꼭꼭 숨어드는가

숲이 사막이 되고 사막이 숲이 되는 건
제 꼬리를 문 뱀처럼 시간이 시간을 먹어버렸기 때문일까

시간이 늙어 죽고 다시 신생아로 태어날 때
어떤 산파가 시간의 탯줄을 끊나
안드로메다에 태어난 시간은 오늘 뭘 하고 있나
제 살을 부서트려 모래시계를 만드는 수많은 유령 별들

시간이 살지 않는 곳에서는 만나자는 약속을 어떻게 하지?

먼지의 공덕

말이 넘쳐나는 공양주 보살이 남의 말귀를 못 알아들어
주지 스님한테 혼쭐이 났다

눈이 본 척
귀가 들은 척 나서다
혼쭐이 났다

주지 스님은 그녀에게 법당마루의 먼지를 닦으며
참회하라고 명했다
양 무릎을 바닥에 대고 법당마루의 먼지를 닦아 내는 동안
동백꽃이 붉어지고 철새의 날개가 길어지고
그녀의 도드라진 입은, 그녀의 뾰족한 귀는
침묵과 함께 순해지고 둥글어져 갔다

어디에도 쓸모없을 것 같던 작은 먼지에도 공덕이 있다

몸의 문

뒤엉킨 우울의 뿌리가 깊어지면서
그녀의 몸에 있던 문이 하나 둘 닫히기 시작했다
눈과 귀… 차츰 열 개의 문이 적막으로 봉인되고
밤의 처마 끝, 떨어지는 낙숫물 소리가
무음으로 바뀐 것도 그녀가 그녀를 폐쇄한 연유이다

안쪽에서 닫힌 문은 대부분 벽이 된다
바람도, 향기도, 노래도 출입할 수 없는 벽
낮에도 커튼을 치고 잠만 자는 벽
전화기 소리에도 초인종 소리에도 반응하지 않는 벽
문과 벽은 명칭의 차이인데도 그녀는
머나먼 이방인이 되어 돌아오지 않고 있다

집의 몸체에서 뜯겨나간 문처럼 그녀에게서 버려진 몸의 감각들
그 문을 다시 노크해 줄 봄의 손이 필요하다

2부

속없는 사랑

사랑 받기 위해 사랑하지 말기로해요
나무와 새는 그러지 않잖아요
받는 것도 주는 것도 속없이 하잖아요
나무의 품에 새가 안겨도 새를 잡아두려 하지 않잖아요
그래서 새는 뜻밖의 기쁨이 되어
나무에게 다시금 돌아오는 거잖아요

강 저편에 사랑이 있다고 해서 강을 건너지 말기로 해요
나룻배를 만들고 밧줄을 매고 모자를 준비하지 말아요
매번 흐르는 물살에 순간을 내맡기기로 해요

사랑을 위해 사랑을 한 건 아니잖아요
꽃 피울 때가 되어 꽃 피우고
그것이 어쩌다보니 사랑임을 안 거잖아요
염두에 둔 바 없이 밤이 닥치면 쉬 잠들도록 해요

먹기명상

검은 입 속으로 수많은 것들이 들어왔다
새의 날개부터 돼지의 발목까지
그 수십 톤의 죽음을 짊어지고도 수행은 아직
팔부 능선을 넘지 못했다

얼마나 더 닦아야 밥, 너에게로 회귀할 수 있나
밥알이 혀에 닿는다
밥알이 씹힌다
밥알이 목구멍으로 넘어간다
밥알은 언제부터 밥알을 떠나 내 몸이 되는가
밥알은 내 몸 안에서 몇 시 몇 분에 완전히 잠이드나
나를 나라고 주장할 수 없는 이 먹먹함

백골난망인 이 몸은 언제부터 밥알의 몸이 되는가
밥알이 빙그레 웃는다

마음

초록 길을 폴짝 폴짝 뛰어가는 산개구리의 몸, 보인다
폴짝폴짝 뛰는 개구리의 마음, 보이지 않는다
마음 없이 몸을 굴릴 수 있나?

초록이 아닌 노랑 길을 가고 싶다든지
못이 아닌 산에 살고 싶다든지
그런 굴리는 마음은 어디에 두고 몸만 다니는 거지?

커다란 눈을 껌뻑이고 울음주머니를 부풀리는 몸은 여기 있는데
마음은 어디에 있지?

폴짝, 폴짝, 퐁당- 몸마저 웅덩이로 지우고

숨을 곳이 없는 내 살찐 마음만 웅덩이 밖에 덩그러니 남겨져
천하에 훤히 무참하게 읽히고

윤회

굼벵이가 코끼리가 되기도 하는 건가?
하마가 애드벌룬이 되기도 하는 건가?
내 허파가 멧돼지의 털이 되기도 하고?

윤회를 버리고 열반을 얻기 위해
제 이름 석 자를 지우고
부모를 지우고
자식을 지우고
그는 산으로 출가했다
윤회는 고달프고 열반은 해방이라는 생각 속에
그의 출가는 예정되어 있었다
온갖 생각의 잡곡으로 밥을 지어 스물 두 해를 먹고
그는 마을로 돌아왔다
모든 것이 그대로 윤회이고 열반이라는 것을 알았을 때
돌아와 아궁이에 앉아 아무 생각 없이 밥을 지을 수 있었다

인연

강 주변으로 옹골찬 나물들이 줄지어 자라는 건
강이 나무의 바짓가랑이를 부여잡고 놔주지 않기 때문
그 인연을 놓는 순간 강은 건조한 계절을 맞이하리라는 걸
경험 없이 알고 있었던 것

서로가 붙잡고 서로에게 붙들려 사는 숨바꼭질 인연

나무의 가슴에 귀를 묻으면 강물 흐르는 소리가 나는 것도
강물을 두 손으로 떠서 마셔보면 나뭇잎 냄새가 나는 것도
서로 몸이 섞여 있다는 증거

사막에 나무를 옮겨 심으면
나무뿌리가 수백 킬로를 걸어 강물을 찾아온다는
그 근원을 향하는 근성
짚어보면 너와 나의 시원이 다르지 않다는 이야기

자취 없는 발자국

서둘러 지나가는 굵은 발 소낙비
옥양목 빨래 위에 빗방울 모양의 얼룩을 만들었다

얼룩이 싫다면 빗방울을 어쩌나

물오른 가지 끝에 떠돌이 새 한 마리 앉았다
한 참을 앉았다가 온기만 남겨두고 새가 떠나자
가지 끝이 파르르 몸살을 앓는다

몸살이 싫다면 만남을 어쩌나

또 하나의 연(緣)이 닿기 전
그대, 온 바 없이 떠날 수 있는가

오백나한

“당신은 누구입니까?”

객석의 한 사내가 나한에게 물었다

“나는 ‘그것’이다”

다시 물었다

“‘이것’이 아니고 어찌하여 ‘그것’입니까?”

“‘이것’, ‘그것’이라는 생각 너머의 ‘그것’이다”

“그럼 여기에 앉아 있는 오백 명의 관객들은 무엇입니까?”

“오백의 ‘그것’이다”

황금빛 기도

신이 물가로 걸어나와 주위를 둘러보고
얼룩무늬 긴 목을 뻗어 조심스럽게 물을 먹고 있을 때
작업복을 입은 신이
땀에 젖어 공사판의 벽돌을 등에 지고 나르고 있을 때
그 순간 그대가 두 손을 모아 맹목의 기도를 하였기에
신은 물가를 떠나, 공사판을 떠나
하늘에 임하게 되었던 것이다

황금으로 옷을 지어 입히자
신은 얼룩무늬 몸피를 벗어던지고
작업복을 벗어던지고
황금 왕관을 쓰고 황금 보좌에 앉아 준엄해졌던 것이다

어쩌자고 그대는 기도를 낳아서
신을 혼돈에 쌓인 참새들의 허수아비로 만들었나

쉬고 또 쉬어라

열 번 쉬었다면 열한 번 째 쉬어라

봄의 나뭇가지 틈에 앉아 조잘거리는 참새들의 입방아에
층층나무가 쉰다

열한 번 째 쉬고 열두 번 째 쉬기 위해
파리는 파리지옥풀이 입을 열면 그 속에 들어가 눈을 감는다

공원의 벤치는 누군가 앉기 전에는 쉬는 것이 아니다

꼬마들의 터져나가는 웃음소리에 마을 놀이터가 신나게 쉰다

찔레꽃 향기가 코를 가지고 간 후 코가 없어 나의 여름은 쉰다

그대는 이번 생에 펑펑 쉬기 위해 보내졌다

우상

질투하는 신,
꽃잎보다 얇고 깃털보다 가벼운 감정의 소유자

생화보다 조화가 더 아름다운 시절에
신(神)이 나셨네

나무의 상처인 옹이에 감동하는 시선들이 있어
수천 년 동안 인간의 상처는 별처럼 빛났네

빛이 굴절되어 어둠으로 돌아갈 때까지
모든 광기가 바닥에 주저앉을 때까지
사막 한가운데 쓸쓸히 버려진 우상들을 사랑하려네

신을 온 곳으로 돌려보내고
광활한 벌판을 홀로 가로지르는 무쏘의 외뿔을 숭배하려네

동체

가을비 속에서 풀벌레가 운다
풀벌레만큼 작은 귀를 가진 사람은 안다
풀벌레도 등이 시리다는 것을
그 작은 등도 외로움에 젖어 서로를 부른다는 것을

누군가 외롭다는 말을 해 줬으면 좋겠네
같이 외로워지게

누군가 보고 싶다는 말을 해 줬으면 좋겠네
같이 보고 싶어지게

누군가 비를 맞고 싶다는 말을 해 줬으면 좋겠네
같이 비를 맞게

누군가 떠나고 싶다는 말을 해 줬으면 좋겠네
나였던 강을 떠나 너인 바다로 가게

알아보다

굴러 떨어진 돌 속에 부처가 들어 있다는 걸 어찌 알고
석공은 돌덩어리를 파헤쳐 부처를 끄집어냈을까

미얀마 만들레이(Mandalay) 작은 마을에는
돌부처를 알아보는
사람부처가 있다

뾰족한 것들

밤의 난간을 뛰어넘는 도둑고양이 울음소리, 날카롭다
버림받은 것들의 울음에는 시퍼런 가시가 돋쳐있다

고립감 때문일까
하늘을 찌르는 지상의 기도들
뾰족하게 일어선 욕망의 탑들

인신매매로 외딴 섬에서 십 수 년 노예로 살다 구출된
그 사내의 눈빛에서도 뾰족한 날을 보았다

결핍감 때문일까
꿈은 멀어지고 현실은 강파른 사람들의 도시엔
침묵도 독수리 부리처럼 뾰족하여 말(言)의 목을 물어뜯는다

품은 칼날에 녹이 슬 때까지 한여름 장맛비는 줄기차게 내리고

일과 놀이

17차원의 외부은하에서
지상의 일꾼으로 보내졌다는 말(言)을
말(馬)에 태워 너무 멀리 달려가지 말아주세요
나의 날개는 지금 막 지상으로 소풍 왔거든요

삽으로 땅을 파서
높은 산 하나를 서쪽에서 동쪽으로 옮기는 미션이
당신에게는 빛나는 사명이겠지만
나의 날개에겐 우화에 지나지 않는 빛바랜 권태이지요

난세에 기적과 이적을 행한다는 당신
당신은 희유한 시대의 희유한 점성술사

어서 일하세요
추종을 모르는 나의 날개는 놀테니

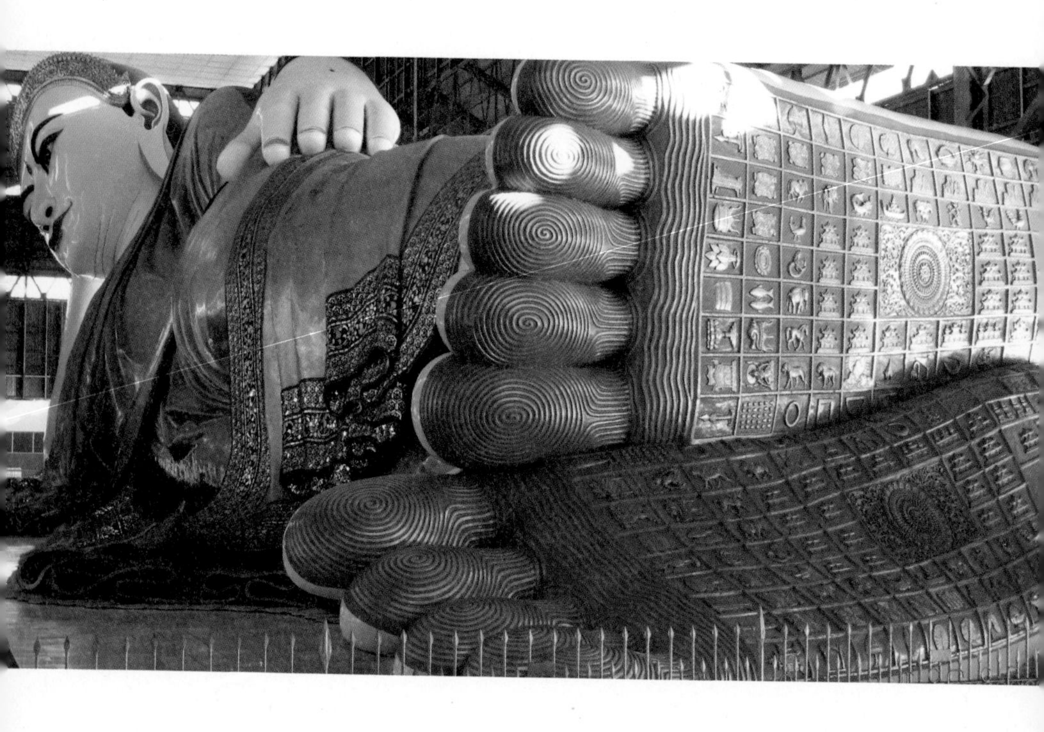

발가락

손가락 지문(指紋)처럼 발가락에도 족문(足紋)이 있다
족문은 다른 우주에 살았던 먼 기억의 회로이다
별들이 서로 밀고 당기면서 간혹 열애에 빠져
이탈하기도 했던 파란의 궤도이다

초신성이 작렬하면서 남긴 은밀한 진리의 조각들이
열 발가락에 만다라로 그려져 있다

발가락을 간질이면
까르르 웃는 것은 그 자리에 담긴 천기를 누설할 수 없어
어설픈 웃음으로 덮으려는 것이리라

만법은 하나로 귀의한다는데
그러고 보니 우리는 서로서로 발가락이 닮았다

마주 봄

마주 앉으니 그대의 무릎이 닿네요
산골 집 아궁이불을 지피다 왔는지 무릎이 참 따뜻합니다

고체도 액체도 아닌 눈(眼)의 질감이 오묘해
그대 눈에 얼비친 시원 속으로
나의 눈빛이 나선형으로 빠져듭니다
빠져들어 번번이 이승으로 돌아오는 길을 잃습니다

그대가 수줍음 뒤에서 속눈썹을 깜빡일 때마다
초목을 흔드는 푸른 종소리가 나풀나풀 거립니다
종소리를 따라 선정의 밀실로 들어가면
돌연 그대도 사라지고 나도 사라지고 무지개몸이 되어
지도에는 없는 무아의 영토에서 감미로운 첫 키스를 하겠지요
머리로는 이해할 수 없는 오롯이 환한 기쁨
'그것'에 당도하는 순간이 오겠지요

내려다보기

산을 올라갈 때

먼지, 돌, 나무가시, 뙤약볕은 장애였다

산을 내려갈 때

먼지, 돌, 나무가시, 뙤약볕은 벗이되었다

올라갈 때 못 본 것을 내려갈 때 보기도 한다

만남과 헤어짐이 그렇고

삶과 죽음이 그렇다

너를 밟고 올라 온 정상, 너를 밟고 내려 가면서의 희비(喜悲)

내려갈 때 보았다

살아 줘서 고맙고 헤어져 줘서 고마운 이여

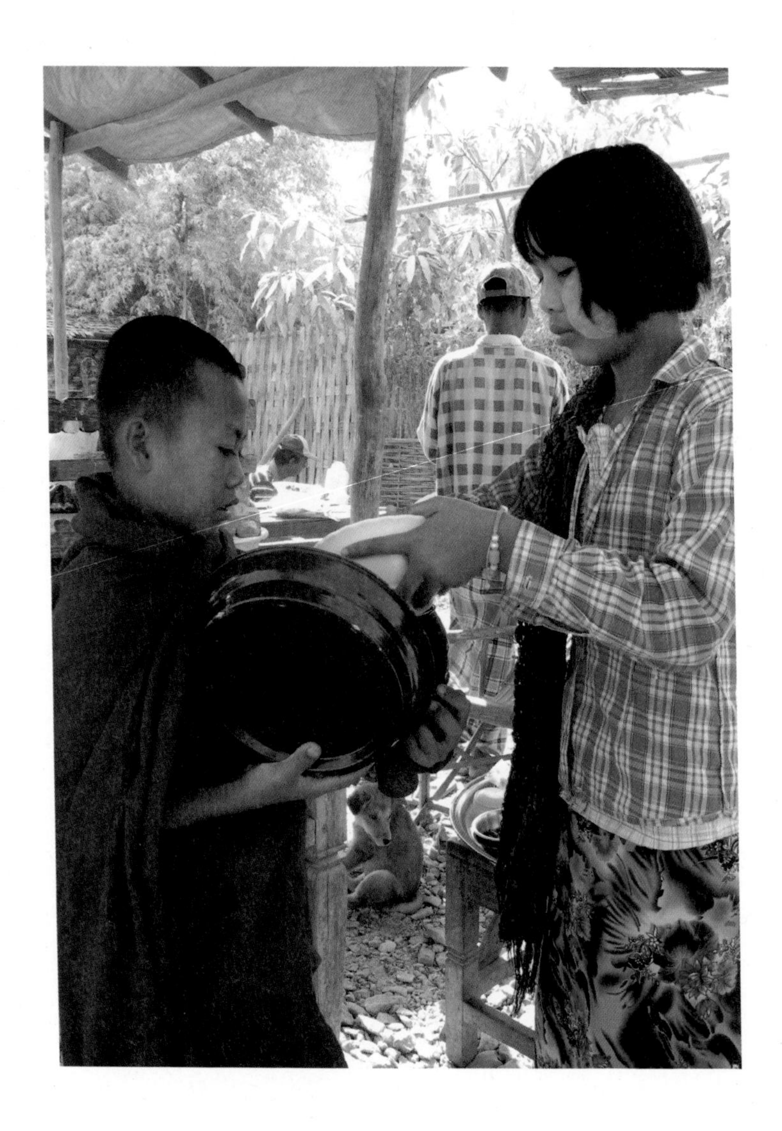

공양

하늘과 땅을 이어주는 동아줄이 밥줄이었나

찬 밥, 진 밥, 된 밥도 마다 않는
중생이 부르면 부처는 어디든 가서
해탈에 이르는 밀법을 전하고 한 끼의 밥을 얻지
중생에게 공덕이 쌓인다면 뭐든 하는 게 부처지

비안개로 뒤덮여 흐린 날
가난한 그대가 갸륵한 마음을 내어 공양을 올린 밥에
버섯의 독성이 남아 있었다 해도
공양물에 차등을 두어서는 안 되었던 거지
그대의 공덕을 천하에 알리기 위해
부처는 그 날 그 밥을 먹고
꽃이 지듯 목숨을 떨구는 거지
한 끼의 밥이 부처를 낳는 진면목이 거기서 나왔던 거지

꼭꼭 숨어라

아- 답답해, 몸을 입은 영혼이 말했다
유리컵에 갇힌 물의 푸념처럼

그래서 죽어 다시는 감옥인 몸을 받지 않겠다는
서원을 세운 수행자가 있다지

유리컵이 깨지고
유리컵 안에 있던 물이 허공에 쏟아졌다
아- 허전해
유리컵을 벗어버린 물이 쏟아지면서 푸념했다

쏟아진 물은 어디로 스며들까
백억 광년이 지난 그 후에는 어디에 있을까

훗날 육체에서 쏟아져 나온 그대의 영혼은 어디로 스며들까

다만 할 뿐

넝쿨장미가 초여름 아침부터 돌담을 기어오르다
왜 그리 치열하게 오르려하는지 물었다

마냥 모를 뿐
다만 할 뿐

돌담 위 허공까지 올라가 더는 부여잡을 것이 없어
미끄러지는 몸
넝쿨장미는 수신호처럼 손을 흔든다
한 편의 애잔한 시(詩)처럼
염화미소의 선문답처럼
길 없는 길의 끝자락에서 빈손을 흔든다

어디에나 있는 '그것'이 허공 속에 투명 밧줄을 내려
아무도 모르게 넝쿨장미의 손을 슬몃 잡아 주네

쓸어내기

쓸어낼 것도 없는데
입 속의 이가 거반 허물어진 노장은
허공 한 알을 입에 물고 우물거리며
빗자루에 노구를 의탁한 채 하롱하롱 빗질을 한다

쓸어낼 것도 없는데
어제도 오늘도 내일도 허공이어서
허공으로 허공을 쓸어내는 일이
심히 수고롭기도 하련만

쉼 없이 쓸어내어 제 이름마저 잊힌 노장은
그림자도 깎이고 손발도 닳아
금방이라도 티끌이 되어 육신이 날아갈 듯
잎 지고 영근 붉은 꽈리처럼 어느덧 씨앗만으로 남아서는
몽중에서도 쓸고 또 쓸고 그저 여여부동하게 쓸 뿐

주시자

진딧물을 주시하는 무당벌레의 눈
그 뒤에서 무당벌레를 주시하는 거미의 눈
그 뒤에서 거미를 주시하는 개구리의 눈
그 뒤에서 개구리를 주시하는 뱀의 눈
그 뒤에서 뱀을 주시하는 오소리의 눈
그 뒤에서 오소리를 주시하는 독수리의 눈
그 뒤에서 독수리를 주시하는 하늘의 눈

하늘이 하늘을 주시할 수 있을까
그건 불가능하다
만상을 한 찰나에 굽어보는 눈
길게 이어진 천적의 사슬을 모두 끊어버리고
스스로 최후에 존재하는

넓고 높은 곳에 있는 그 눈을 나는 나의 '주인공'이라 부른다

3부

부력

하늘이 새들을 토해 놓듯
호수가 두 척의 나룻배를 토해 놓았다
물과 섞이지 않는 것들은 호수에겐 삿된 것이어서
나룻배를 물 밖으로 밀어내어
바람에 말리고 햇볕에 소독한다
뱃사공은 손님을 기다리다 따가운 햇볕 아래 졸고

간혹 호수의 호흡인 물결 위로
질문의 돌을 던지는 이가 있어 호수는 거친 파문에 휩싸인다
나는 누구인가?
질문에 대한 온갖 비릿한 대답들
수중으로 가라앉지 못하고 오물이 되어 떠오른다
더 이상 내면에서 밀고 올라올 생각의 찌꺼기가 없을 때
돌연 말문이 닫히고 빈 여백이 될 때
그 때가 바로 청정한 '그것'의 해저에 도달할 때다

벽화

맹세, 꿈, 열정, 투혼… 자신이 자신을 희롱하기 위한
삶의 동기들 어디로 갔나
애지중지했던 금숟가락과 금니는 어디로 갔나
비루한 뼈와 살이 묻힌 시간의 무덤동굴에는
서로가 움켜잡은 이승에서의 최후가 담긴 벽화가 있다
현실이 비루했기에 사후는 유성처럼 찬란하길 원했나
해질녘 황금빛 노을이 동굴로 걸어 들어와
암각화 속에서 오천 년의 시간을 끄집어내
폐허의 왕조를 재생한다
한 번 떠오른 태양은 질 수밖에 없는 순리가 망연하여
손끝으로 벽을 쓰다듬다가 암각의 침묵에 베인다
순순히 떠날 수 없어 뒤돌아 본 머뭇거림의 저 자취
어느 누구의 지독한 탄식과 집착의 무늬인가

지상의 너절한 업적을 위장하려 보름달은 휘영청 밝게 떠오르고

침묵의 종

차안과 피안을 뒤섞는 종소리
사원의 오후 2시가 종소리의 폭염 속에 녹아내린다

사원의 돌탑은 침묵으로 지어졌다
뒤뜰 망고나무도 침묵의 무게로 서 있다
사원의 샘물도 침묵 소리를 내며 흐른다
모두가 침묵인데 사람만이 시끄럽다

구멍 없는 피리를 부는 자
그 소리를 듣는 귀 없는 귀를 가진 자
하늘에서 퍼지는 가장 큰 소리 침묵의 종소리를
듣는 지상의 귀가 아직 있을까

침묵에 씻긴 투명한 말이 듣고 싶은 날
내면의 벼랑 끝, 정적(靜寂)에 닿는 수행이 그리운 날이다

떠나는 길

낭비할 시간이 없어

이번 생에 나는 여자로 태어나 8살부터 식모살이를 했다

낭비할 시간이 없어

부모는 일찍 떠나고 오빠는 죽고 언니는 팔려가고

동생은 입양되고 나 홀로 웅크린 무허가 집이 되었다

낭비할 시간이 없어

가발공장 단추공장 염색공장 봉제인형공장을 순회하며

방정식보다 미싱을 더 깊이 공부했다

낭비할 시간이 없어

왕창 무너지고, 호되게 매 맞고, 많이 속고, 크게 울었다

비로소 길 떠날 채비가 되었다

통로

웅장한 어둠의 장식이 새겨져 있는 사원의 내부
그 가장자리로 긴 통로가 있다
통로 양 끝엔 콧구멍 모양의 창이 있고

긴 통로는 들숨과 날숨이 들고 나는 건물의 숨길이다

인간도 저런 어둡고 긴 통로를 지나 이승에 나왔으리라
통로 끝에 어떤 내세가 기다리고 있는지
어떤 새로운 운명과 연결되어 있는지 모른 채
앞 사람을 뒤따르는 추종자가 되어 윤회의 통로를 헤매어 돈다
망각에 쌓여
마치 그것이 축복인 양

오늘은 오늘의 태양이 떠올랐는데도
어제 설계된 무명의 통로를 지나느라 발길이 바쁘다

열린 시선

금덩이와 돌덩이를 떠나

부자와 빈자를 떠나

천사와 악마를 떠나

참과 거짓을 떠나

어둠과 빛을 떠나

성공과 실패를 떠나

사람과 금수를 떠나

부처와 중생을 떠나

모든 경계를 떠나

꼬마의 열린 시선이 닿는 곳마다 녹두빛 새싹이 돋는다

순응

인간계에는 어제가 있고, 오늘이 있던가
시간을 칼질해서 토막잠을 자는 지구인들

늘 깨어 있는 미얀마의 들닭은
시간이 서산으로 넘어가지 못하게 붉은 해를 물어다
제 머리 위 벼슬에 앉혀 놓고 공부에 빠진다

물 한 모금 먹고 하늘 한 번 쳐다보는 공부가
먼 곳으로부터 지금까지 이어져 왔어도
선조들이 그러했듯 가타부타 토 달지 않는

좋은 것도 나쁜 것도 받들지 않는
텅 빈 무위(無爲)
들닭들에게는 지금이 우주의 복판이며 생의 전부이다

도반(道伴)

달 뜨면 응답하듯
천 개의 가슴으로 달빛을 받아 천 개의 연서를 띄우는
호수 같은 이여

너는 먼산바라기 하기 좋은 단풍 든 풍경이다
괴로움의 윤회도 기쁨의 윤회도 너에 의해 터득한다
달의 영토를 오고가는 영감 안에 동거하는 이여
너의 걸음걸이에서 갓 구운 속노란 보름달 냄새가 풍긴다

마지막 발자국이 사라지기 전에 너의 손을 잡으리
못 다한 고백이 더 늦어지기 전에
너의 호흡에 내 호흡을 불어넣어 한 편의 시를 쓰리

무상함으로 가득 찬 존재의 지평선을 바라보며
양귀비꽃과도 극락조와도 다르게 너의 기쁨이 되리

구름의 살

구름의 살을 뜯어먹어 볼까
삼매에 들어 구름의 요리로 배를 불려볼까

움직임의 맛보다
정지된 맛이 그리울 때가 있다

색깔을 빼고, 아무 맛이 없게, 냄새를 지우고
소리를 완전히 죽이고, 감촉도 느낄 수 없게
아 -, 이런 무극의 요리가 가능한가
영감을 전율시키는 텅 빈 맛

이 맛에 닿으려면 나는 더 고요해져야 하리

이 맛을 훔치기 위해 숱한 수행자가 산으로 들어가
행방불명되었다지

엎드려뻗쳐

간밤 사나운 비바람이 지나간 언덕
억새밭에 얼룩억새들이 허리를 꺾어 한쪽으로 누웠다

일제히 "예" 하면서 누웠다

눕는다는 것이 어떤 의미인지를 분명히 아는 억새가 누웠다
내가 누워야 상대편이 일어설 수 있다면
그것이 조화라면
"예(禮)"로 받드는 묵시적 신앙

고달파도 나를 돌 볼 수 없는 여생
서걱서걱 울던 울음조차 틀어막아야 하더라도
어느 누가 웃을 수 있다면 내 허리쯤은 휘어도 그만이라는

아침에 나가보니 '엎드려뻗쳐' 중이다

파리의 수행

파리의 눈에 오물만 보이겠는가
파리에게도 꽃과 초목과 호수와 별과 함께한 날이 있다
하늘세계를 날 수 있는 날개만 보아도 알 수 있다
땅을 기는 생명보다 몇 겁(劫) 앞서
높게 멀리 나는 꿈을 향해 왔다는 거

파리에게 추한 것만 있겠는가
파리에게도 순결한 목숨이 있다
파리채를 들면 재빠르게 피하는 걸 보면
그 또한 죽기를 두려워하는 애착의 생명임을 알 수 있다

파리에게 무위도식만 있겠는가
파리에게도 작은 어깨에 짊어진 일대사가 있다
자기의 운명과 꼭 닮은 자식을 낳고
인간처럼 부모로서 할 바를 다 하고 의연히 죽는다

소멸 중

배고프면 먹고, 졸리면 조는 범사(凡事)의 수행에 이른
그녀의 구도는 떠나야 할 뒤안길을 더듬는 중

80년 넘게 입어 온 그녀의 몸은
실밥이 터지고 닳아져 승천을 바라보고
바랄 게 없는 그녀의 좌복(坐服)은 오늘도 졸고 있다

허공이 된 그녀에게 수행이 왜 따로 필요한지
아무도 반문하는 이 없어
하루 더 좌복에 앉아 늙기로 한다
오늘이 있어 내일이 소멸되듯
깨달음이 있어 진리는 소멸 될 터

따로 구하지 않는다면 '그것'과는 이별이 없기에
소멸이라는 화두는 그녀에게 흥미를 잃은 노리개이다

그럼에도

붙잡을 것이 없다는 걸 알면서
그럼에도 우린 해가 지는 쪽으로 너무 멀리 왔다
'깨달음'을 황금노을처럼 황홀하게 바라보는 오랜 습에 이끌려

황금에 순정을 빼앗겨
황금 망토로 부처의 어깨를 감싸고
부처의 눈과 귀와 코와 입의 구멍이 다 막힐 때까지
막혀 부처가 사라지고 멍텅구리가 될 때까지
날마다 금박으로 누덕누덕 허상을 깁는,
모른다는 사실을 알 때까지
허물로 허물을 가리는 행렬이 이어지고

부처가 황금알을 낳는 찬란한 모순
모순을 팔아 배를 불리는 배후의 거인들
그럼에도 황금불상 위를 걸어가는 도마뱀처럼 초연해야 한다

늙은 집

저 노파의 몸은 이 집 골조의 일부가 된 지 오래다
양철 지붕을 두드렸을 셀 수 없는 빗방울의 닿음만큼
담금질 된 노파의 침묵이 천정을 떠받히고 있다

집의 외투를 벗고 노파의 몸이 하늘로 이사 가는 날
골조가 빠진 허전함을 견디지 못해
집은 무너져 내릴 것이다
눈물처럼 위에서 아래로 흘러내릴 것이다

하늘의 나른함을 흡수한 노파의 몸이
진행을 멈춘 정물처럼 툇마루에 앉아 있다
마지막 계절이 될지 모를 봄의 기운에 덮여 조용히
따가운 볕에 늘어진 망고나무 잎처럼 얌전히
두 손을 무릎 위에 포개고
아득한 '그것'의 씨방이 되려고 조금씩 수축되어 가고 있다

웃음

한 번 핀 웃음은 어디로 가서 돌아오지 않는가
왜 끝까지 싱싱함이 보존되지 않는가

동구 밖에서 진달래 먹고 물장구치던 7살의 웃음은
아직 여기 있는 건가 아주 떠나간 건가

시선을 매어두는 웃음이 있다
앞산 가득 산벚꽃 흐드러지게 피어 있는 풍경 같은 웃음
늑대와 춤을 추는 웃음
받을 것도 줄 것도 없는 텅 빈 웃음

진리가, 법이, 명상은 한바탕 웃음의 향연이 아닌가
호두알처럼 껍질은 딱딱해도 알맹이는 고소하게 영근
웃음을 까먹고 싶은 정월대보름이다

안팎

밖은 저리 환한데 내 안은 왜 이리 어두운가
전기가 들어온다면 등불을 켜고 싶은 마음 흐린 날

암울이 불현듯 심중에서 작두콩처럼 자라나
캄캄해지는 까닭을 아는 이가 없어
예수가 왔다 가고, 부처가 왔다 가고, 알라가 왔다 갔다지
암울을 더듬어주기 위해
노점상처럼 외부에 즐비하게 진열된 구원의 손길들

외부의 손길은 한시적이라 비가 오고 눈이 오는 날씨에는
다시 먹먹해지고 참담해지는 생
허공에는 안팎이 없는데
어찌하여 인간에게는 마음의 안과 마음의 밖이 분리되어
삼백육십오일 오락가락 열고 닫을 때마다 삐걱이는가

삼매

말벌이 꿀을 모으려 꽃의 앙가슴에 머리를 박고 있는 순간

7년을 땅 속에 묶여 있다 지상에 나와 7일을 놀다가는 매미가
고목나무에 붙어 맴맴— 염송을 하는 동안

누에가 뽕잎을 갉아 먹으며 가는 비 오는 소리를 몰고 오는 동안

첫새벽 맑고 정한 물 장독 위에 떠놓고 두 손 모아 기도하는
'비나이다'의 시간

정주간(鼎廚間)에 놓인 어머니의 촛불이 꺼지지 않는 생(生) 내내

삼매(三昧)는 어디에나 있다

삼매가 없었다면 그대와 하늘 사이의 교감은 붕괴되었을 터

틈새

잠에서 눈 뜨기 직전, 그대는 열려 있다
문풍지로 드나드는 바람의 길처럼,
질항아리의 숨구멍처럼
에고의 방어가 느슨한, 어떤 틈새가 있다
그 틈새로 우주 신경과 연결되는 다리를 놓을 수 있다

깊은 잠에서 생각이 깨어나 싹이 나고
잎이 자라 번식하기 전
번식하여 둥글고 네모지고 노랗고 빨간 만상을 빚어내기 전
공(空)의 기운이 흐르는 상태
요술램프에서 40인의 도둑인 자아(自我)가 나오기 직전

구절초는 이 틈새를 통해 별과 교신을 하고 기쁨을 얻는다
누에도 그 틈새를 통해 투명 실을 뽑아내고
훗날 그 틈새를 통해 눈부신 날개를 얻는다

신

한때 나에게도 신이 있었다
튼튼한 신, 맹목의 믿음으로 무장한 신
뒤꿈치가 갈라지고 티눈이 박혀도 개종할 수 없는,
차마 그럴 수는 없는 가여운 신이 있었다
어린 나이에 사원에 들어와 신을 대면한 수도승들은
신을 발 아래에 둔다
신이 중생을 모시지 못할 시에는 율법에 따라
헌 신을 버리고 새 신을 구하기도 한다
그들에게 신은 해탈이거나 구속의 갈래이기에
신을 벗고 다시 신는 과정이 수행의 하나이다
일용할 양식을 구하기 위해 신을 벗는 공양시간
마음을 비우고 정갈하게, 가지런히
신이 다치지 않게, 신이 삐뚤어지지 않게 다독여 벗어 놓고
수도승들은 공양밥이 차려진 둥근 식탁에 둘러 앉아
"사두- 사두- 사두"를 합창하며 궁극의 밥을 먹는다

사띠(sati)

저녁 식사 준비를 하면서 덤벙대는 손짓을 알아차리는가?

난폭하게 운전할 때 자신의 심장박동을 알아차리는가?

상대에게 모욕적 발언을 하는 순간의 의도를 알아차리는가?

일방적으로 말을 많이 하는 자신의 심리를 알아차리는가?

음식을 먹을 때 집착하는 경향을 알아차리는가?

말할 때 입술을 실룩거리는 습관을 알아차리는가?

화가 치솟을 때 목젖을 태우며 올라오는 불길을 알아차리는가?

무엇보다 중요한 건 알아차림을 알아차리고 있느냐는 것이다

허공 공부

선한 눈빛을 지닌 농부가 땅을 공부하네
친환경농법으로 흙을 일구니 미생물이 많아지네
미생물을 의지해 지렁이가 많아지네
지렁이를 의지해 땅강아지가 많아지네
땅강아지를 의지해 두더지가 많아지네
두더지를 의지해 뱀이 많아지네
뱀을 의지해 오소리가 많아지네
땅을 공부하려다 하늘의 농법을 알게 되었네

그것이 있게 된 것은 그것만의 일이 아니었네
꽃의 향기를 의지해 나비의 날개는 퍼덕임을 이어가고
하나를 의지해 만상이 나오는 과정
허공을 들쳐보고, 찔러보고, 구겨보고, 발로 차보고
의기양양 하늘공부를 하는 젊은 학승들
아뿔싸, 숟가락으로 허공을 뜨려고 하네

응집

돌이 돌이 된 사연을 듣고 싶어 하는 이는 많지 않다
국화꽃이 소쩍새의 일이 궁금해 부푼 향기를 머금고
이른 봄부터 무서리가 내리는 가을까지 기다려 온 사연을
그대는 궁금해 하지 않을 것이다
돌처럼 응집된 그리움 속에 갇혀 천 년이 흐른 사랑을…

돌은 돌이 되기 이전에 바람이 되려 했으나,
불이 되려 했으나, 물이 되려 했으나
소쩍새와 무서리와 천둥과 먹구름의 눈물이 섞여들어
그 무엇이 못 되고 돌이 된 이야기
나비소녀가 되려다 백발마녀가 된 사연을 아는가
희로애락이 응집되어 비로소 웃는 돌의 내막,
봄 속에 봄만 있는 것이 아니라 여름 가을 겨울이 섞여 있듯
돌은 돌로만 응집된 것이 아니다
텅 빈 너는, 너 외의 것으로 쌓이고 쌓인 자화상이다

수줍은 꽃

허허벌판의 눈빛
아무 것도 가지지 않는 자의,
이름 붙여지지 않은 무인도의 바람같은 이여
입을 열어 한 소식 일러 보아라

걸칠 게 없는 공(空)의 자리에서 본 것을 일러 보아라

자궁이 없는 여자처럼 말을 낳지 못할 것이다
소리가 응집되지 않을 것이다

아무것도 할 수 없어
하려는 마음이 없어
저 어린 여승처럼 만연한 웃음만 공중에 띄울 것이다

아-, 혼탁한 지상에서 수줍은 꽃을 본 지 오래되었다

선문답

"백사장에 찍힌 새발자국들은 어디로 갔는가?"

텅 빔으로 돌아오라

"태양은 동쪽이 밝은가 서쪽이 밝은가?"

텅 빔으로 돌아오라

답을 수집하기 위해 질문을 낭비하지 마라

"왜?"

"왜?"는

독사의 종자임을 훗날 알게 될 것이다

하늘 너머 하늘

'신비'와 '신통'이 멈추고
하늘 너머의 하늘이 일상으로 내려와 풀처럼 얌전할 때
모든 피곤이 사라질 것이다

끝없이 낙하하는 저 폭포와
그지없이 서 있는 저 나무와
하염없이 날아가는 저 새의 생은
피곤을 모른다
"왜?"
"왜"라는 불웅을 익히지 않아 피곤이 없다

이루어지는 대로
의연하게 뚜벅뚜벅 허공을 걸어
첫 발을 떼었던 자리에 마지막 발걸음을 가져다 놓는 일
그것처럼 흐뭇한 일이 또 있을까

기억의 성질

성 추행을 당한 그녀가
검은 달이 뜬 어젯밤 죽음으로 기억을 지웠다
그녀의 가슴을 짓눌렀던 건
대기의 기류가 엇나갔던 그 날의 그 붉은 상처가 아니라
그 날의 붉은 기억이었다

서로 합의가 없으면 애정 표현이 성 추행이 된다지
우주의 일생은 합의 없이 곧잘 흐르던데

기쁠 때 나오는 눈물의 약성과
슬플 때 나오는 눈물의 독성은 어떻게 다른가?
진흙탕에 빠진 축구공처럼 어둠에 박혀 빼 낼 수 없는
저 둥근 달은 하늘의 나쁜 기억인가 좋은 기억인가

애석하게도, 기억은 깨지기 쉬운 유리질의 성질을 지녔다

쉬고 또 쉬어라

이기와 명상시집

초판 1쇄 인쇄 | 2017년 12월 25일
초판 1쇄 발행 | 2017년 12월 29일
지은이 | 이기와
펴낸이 | 이준웅
펴낸곳 | 고요숲
등록번호 | 제 409-2010-000022호
등록일자 | 2010년 11월 01일
주소 | 충청남도 금산군 남이면 열두봉길 30-36
북디자인 산맥 | 010-3629-9797
전자우편 | yeogongg@hanmail.net

ISBN 979-11-950412-2-0(03810)

값 10,000원

* 이 책은 2017년 강원문화재단의 창작지원금을 받아 발간되었습니다.